# 고요의 그늘

소금북 시인선 · 05

# 고요의 그늘

임동윤 시집

소금북
sogeumbook

**▌임동윤**

- 경북 울진에서 태어나 강원 춘천에서 성장했으며, 1968년 강원일보 신춘문예에 시로 등단한 후, 1992년 문화일보와 경인일보에 시조로, 1996년 한국일보에 시로 당선하였다.

- 시집으로 〈연어의 말〉〈나무 아래서〉〈함박나무 가지에 걸린 봄날 〉〈아가리〉〈따뜻한 바깥〉〈편자의 시간〉〈사람이 그리운 날〉〈고요한 나무 밑〉〈숨은바다찾기〉〈저 바다가 속을 내어줄 때〉 등 13권이 있다.

- 한국문화예술위원회, 경기문화재단, 강원문화재단, 춘천시 문화재단 등 전문예술창작지원금을 9회 지원받았다.

- 수주문학상, 김만중문학상 등을 수상했으며 한국작가회의 회원이자 〈표현시 동인〉으로 활동하고 있다.

- 전자주소 : ltomas21@hanmail.net

열세 번째 시집을 낸다.

눈 감고도 선연한,
단 한마디의 말이 소중하다.

늘 새로움을 다짐하지만
그 길은 여전하다.

내 안에
다시 파도가 높다.

| 차례 |

| 시인의 말 |

## 제1부 대설경보

제 **1** 부

대설경보

## 빗소리와 함께

아파트 팽나무잎 제대로 물들지 않았는데

날숨 제대로 못 쉰다는 소식을 휴대전화가 알리네

사무실 밖으로 추적추적 내리는 빗소리

그대 숨결로 듣다가

녹슨 연통을 때리다가 크게 젖어 듣다가

마른 대추나무에 앉았다가

망연히 한 죽음을 기억하게 되는 어느 오후

# 모퉁이

여우비 뿌리는 저쪽 모퉁이를 바라보는 아이
소실점이 되는 당신을 보고 있다

물안개 피어오르는 모퉁이를 보고 있다
새들이 날아가는 모퉁이를 보고 있다

모퉁이가 모퉁이를 뭉개버리는 저녁을 보고 있다
저녁이 몰고 가는 당신의 길모퉁이를 보고 있다

모퉁이 끝으로 지워지는 당신을 보고 있다
끝내 지워지지 않으려는 모퉁이를 보고 있다

## 속도가 속도를 몰고 가는

달리는 자동차 앞유리에 무심코 떨어지는 새똥

윈도 브러시를 움직여도 끄떡없는 이물질
세차장 거품에서나 잘 씻길까, 그런 세상을
나는 무심코 살아간다

달려가는 차들이 다시 새똥을 기다리는
한 사내가 몰고 가는 4차선 고속도로 한복판

속도가 속도를 몰고 가는 길 속의 길
사내 앞에서 사라졌다가 다시 나타나는 새똥

다시 자동차 앞유리에 까맣게 와서 빌붙는다

## 고요의 그늘

어떤 흐름도 없이
사내 하나 구겨져 있다

아무런 움직임 없이 햇살은
말라가는 냄새 속을 잘도 떠돈다
문틈으로 잘도 빠져나간다

이불 밖으로 드러난 발꿈치에서
새어 나오는 냄새는 고요와 결합하여
더욱 고요해진다
그 위로 햇살이 잠시 머물다가
다시 바닥을 적시다가 벽을 타고 사라진다

그런데도 고요는 흐트러지지 않는다
울음에 닿으면 울음이 되는
허공에 닿으면 허공이 되는,

사내는 스스로 몸에 숨겨놓았던

냄새를 끄집어내 방안 가득 흩뿌려놓는다

이불에 둘둘 말린 냄새가
불 꺼진 방에서 마른 허공으로 흩어져간다

## 대설경보

무더기로 편지를 받는 오늘입니다

허공에서 허공으로
아주 무거운 사건들이 날리는 오늘입니다

도무지 흔들리는 허공이라서
아무것도 읽지 못하는 오늘입니다
지워진 내용이어서 흔적을 모르는 오늘입니다

발신자가 많아서 모두가 편지를 받는 날입니다

수신자가 많아서 모두가 편지를 받는 날입니다

꽁지 짧은 새들이 굴뚝 밑으로 숨은 뒤에야
벌써 저녁이 깊은 것을 알았습니다

모두가 돌아가야 할 마당에서
길 없는 길 끝에서
아주 무서운 사건을 받는 오늘입니다

# 악마의 봄, 2020

마스크를 쓰지 않고도 목련 피고 진달래 핀다
봄은 난장이다 산을 태우고 벚꽃은 바람을 가지고 논다
제멋대로다 바람에 머리칼 날리는 놈 머리칼 날리고
꼿꼿이 머리를 치켜들고 달빛을 맞는 목련은 만취상태다
아아, 방종이다 참다못해 펄펄 끓는다 봄은 신열이다
그런데도 마스크는 쓰지 않는다 마스크 없이 외출 못 하는
나는 병신, 눈 막고 귀 막고 코 막고 입 막고 산다
그래, 나에게 봄은 감옥에 피는 꽃이다 지옥의 시간이다
저 뜨락의 왁자한 벚꽃 그리고 어느새 꽃필 준비를 마친 라일락
이제 내 속으로 와서 꽃을 피우라, 꽃은 향기가 되어 코를 적시고
봄나물 향긋함으로 코를 뚫어라, 내 언어의 베란다에서 피어나라
속으로, 나는 나에게 자유를 준다
너와의 거리를 허문다, 내 봄아 한껏 불타올라라
이제 내 철이다, 마스크를 훌훌 벗어 던진 나는 봄이다

# 분천역에서


작별의 손 흔들던 당신의 뒤가 아프다

저 산모퉁이 돌아 소실점이 되는 그 등이 아프다

몇 번인가 손 흔들던 등 굽은 그림자가 아프고

깊게 주름 파인 주근깨 얼굴이 아프다

비 내려서 어두워지는 것들이 더욱 아프다

작별의 손 흔드는 모든 저녁은 아프다

저쪽 길모퉁이로 사라지는 새들이 아프고

새들이 사라진 저쪽 기슭의 골목이 아프다

아직 마련되지 못한 이 저녁이 아프고

오지 않은 막차가 무섭고, 대합실의 고요가 아프고

비에 젖어 몸 부풀리는 저탄貯炭더미가 아프다

오오, 마침내 보이지 않고 사라지는,

막차를 타기까지 기다리는 내가 아프다

# 바깥과 바닥

물을 사랑했던 사람들의 수많은 사연이
숨어있다고 믿는다, 이곳 사람들은
여전히 믿고 있다, 물밑에는
기실 아무것도 존재하지 않는다
조금도 근사하지 않은 흐린 바닥과
조금도 아름답지 않은 우리가 버린 오물밖에는

입이 근질거려 참지 못하는 사람들의 둥둥 뜨는 입술과
이룰 수 없는 꿈밖에는 아무것도 없다, 물밑에는
가끔 우리가 버린 찌꺼기를 주워 먹는
물고기와 물고기의 유영 속에서 물풀이 흔들리듯
우리 허울뿐인 사랑도 믿음도
흔들리는 그만큼 늘 흔들린다, 물밑에는

그대와 내가 찾아 헤맨
아름다운 꽃밭은 없다, 물밑에는
시든 풀과 껍질들과 버려진 것들이 몸을 포갠다

보이지 않는 것을 꿈꾸는 게 뭐 대순가
물밑에는 아무것도 없다, 그저
보이지 않는 진실이 가라앉아 있을 뿐이다

# 환한 관계

한 사나흘 몰아치는 눈보라를

호주머니에 구겨 넣고

쌓이는 눈더미에 점점 낮아지는 처마가

눈더미에 갇힐 때까지

그 눈더미가 녹아 다시 강물로 풀릴 때까지

마냥 기다리다 납작해진 사내가

아랫목에 웅크리고 있다

마지막으로 지핀 군불에

따뜻해진 굴뚝이 때마침 꽁지 빠진 굴뚝새를

자신의 품으로 불러모으고 있다

# 옛집

보이지 않는 산이 몸을 풀고 있었다

저녁연기 따뜻한 굴뚝 언저리에서
승냥이 울음이 눈보라를 몰고 있었다

한 사나흘 달여낸 도토리 쓴 묵이
떫은맛을 간직한 것에 대하여 아무도 말하지 않는다

꼿꼿한 나무들이 부러지는 소리 들려왔지만
아무도 그 소리를 귀담아들으려 하지 않는다

문이란 문이 바람에 흐느끼는 소리
가파르게 떨리는 파동에 어둠이 깊어가고 있었다

지붕까지 내려온 하늘이 펑펑 눈발을 쏟아내면서
승냥이 울음이 처마 밑으로 눈보라를 몰고 있었다

잠들어야 하는 시간인데도
잠들지 못하는 자정만 처마 끝에 매달려 있었다

# 동그란 편지

허리를 구부리고
동그랗게 동그랗게 울고 있는
당신의 편지를 받았습니다

펼친 종이 위에
달빛이 가로등에 싸여 동그랗게
동그랗게 내려앉고 있었습니다

찰랑찰랑
강물 소리를 내고 있었습니다

동그란 나뭇잎 편지는 갈색이었습니다
저녁연기를 머금은 갈색이었습니다
동그랗게 접힌 허리가 팔랑거렸습니다

바람이 없는 곳에서
바스락거리며 허공으로 날아올랐습니다
동그랗게 구부린 허리가 빛나고 있었습니다

## 직립의 조건

늘 푸른 사내들이 눈밭에 누워있다, 간밤
대설경보에 꼿꼿하던 몸뚱이를 결딴낸 것,
시퍼렇게 드러난 뼈의 결기가 눈밭에 나뒹군다

물푸레나무처럼 마냥 허리 조아리지 못한 탓,
현란한 수사나 구차한 변명도 없이
아득한 허공 움켜잡으려고 한눈팔지도 못한 탓,

적당히 머리 숙이는 일은 비렁뱅이나
야바위꾼들이 하는 짓, 별빛
그 그리움을 안 뒤부터 오직
직립의 하늘 오르는 일만 가슴에 품었을 뿐

차라리 꺾일지언정 휘어질 수 없다는,
뼈를 드러낸 칼날이 눈보라를 베고 있다
눈 붉힌 자들이 숲길 저쪽으로 사라지는
직립의, 저 푸른 결기가 나는 무섭다

## 노파老婆

태풍에 살아남은 나무가 고스란히
검버섯 핀 이마를 가을볕에 드러내고 있다

머리칼 흩날리는 바람에도 기회주의자처럼
직립의 위용을 내팽개친 듯 팔랑팔랑 손을 흔들고 있다

엄마를 부르는 어린아이의 어리광처럼
포물선을 그리다가 햇살에 반짝거리는 저 흔들림

검버섯 핀 연륜을 둥치에 새긴
나무가 천년 묵은 용의 포효와 같아서
팔랑팔랑, 광대의 손은 허공을 긋다가 침몰한다

이제 나무는 제 뿌리를 보지 못한다
그냥 팔랑거린다
검버섯 핀 상처가 가물가물 바닥에 가 닿는다
포물선의 가을이 저녁과 겹쳐지며 어두워진다

# 위독危篤

직사각형 길고 좁은 플라스틱 화분에
무작정, 함부로 파종한 꽃들이
돋아나지 않는다, 마른 꽃들도 스스로
일어설 수 없다는 것을 안다
그들에게 봄날이 지나갔다는 것을
그리하여, 벌 나비에게서 눈짓 거둘 줄도 안다

아깝다, 안타깝다는 마음의 큰 강물이
소리 없이 흐른다 해도
나는 그냥, 마냥 눈감기로 한다
그리움이, 침묵이, 무덤 같은 날들이
막무가내로 바람에 흔들리면
허공으로 날아올라 하늘에 가 닿을지 몰라

마른 꽃들이 나를 무너뜨린다
이젠 알아서 스스로 일어서야 해
함부로, 무작정 파종한 나의 꽃들이
직사각형 좁고 긴 플라스틱 화분에서
홀연 바람으로 말라, 사라지는데

# 퍽, 환한 저녁

눈물 한 방울 남기지 않기
온전한 날개 없는 어린 새
눈보라의 바깥만 기웃거리다가
둥근 저녁으로 날아든 새

눈짓 하나로도 꽃망울 벙그는,
우리 찬 손 녹여줄 아궁이는
어느 먼 별에서나 찾아야 할까

깃털에 묻혀온 눈물 한 방울
굴뚝 온기로 다스릴 수 있다면
마른 눈물까지 적실 수 있겠네

제 2 부

교감의 그늘

# 눈물

누군들 울지 않았으랴
눈물 없는 아침은 없는 법

오래 바라볼수록
희망은 눈물 속에 있다

어둠 걷히면
눈물은 마르는 법이다

# 교감의 그늘

베란다에 장미 덩굴을 올리자
그믐 같은 집이 순식간 환해졌다
직박구리도 한 마리 이주해왔다
어느 곳에서 왔는지 묻지 않았는데도
가시와 가시 사이,
그곳을 피해 나뭇가지와 지푸라기
껌 종이와 비닐봉지까지 물고 와
새는, 둥지를 틀었다 허술하나
견고하게 지은 집 하나
알을 까고 새끼를 치면서
경계심을 늦추지 않고 지줄 대던 것이
어느 날 물과 먹이를 주고
저를 사랑하는 것을 알았는지
가까이 가도 요란하게 울지 않는다
징글맞게 반갑다고 재재거린다
눈과 눈이 만나는 교감
그리하여, 새는 훌쩍 날아갈 것이다
또 다른 누울 곳을 찾아서

# 강가에서

내가 던진 돌 하나가
물수제비로 뜨는 아침이 수면 위로
스멀스멀 물안개로 기어 다닌다
둥근 물보라를 따라가던 강이 사라진다
편도 1차선의 낡은 다리가 지워진다
허리를 수면에 묻은 왕버들의 머리채가 없어지고
아까시나무 흰 그림자가 없어지고
개망초와 달뿌리풀 허리를 없어지더니
내 마른 다리 두 개를 지워버린다
안개 속 허공으로 떠오른다, 나는 둥둥
축축이 젖어 보이지 않던 다리가
툭툭 땅을 걷어찬다, 퉁퉁
보이지 않던 육체가 물수제비 뜨며
허공으로 재빠르게 날아오른다

# 어머니의 방

문 열고 환기를 해도
당신 냄새는 가시지 않고 있다

마냥 고요 속을 떠도는 냄새
햇살은 방안을 적시다가도 저녁 무렵이면
조그만 문틈으로 잘도 빠져나간다

당신 체온이 사라진 방, 냄새는
고요와 결합하여 더욱 고요해진다
바닥을 적시던 햇살이 벽을 타고 사라져도
냄새는 조금도 흐트러지지 않는다

만지면 금세 한 줌 꽃가루가 될 것 같은,
후, 불면 금세 허공으로 흩어질 것 같은,
그런데도 당신이 뿌려놓은 냄새는
여전히 방안을 스멀스멀 기어 다닌다

이불자락에 돌돌 말렸다가
방 허공을 나지막이 떠돌고 있다

# 나무 이불

땅 밖으로 드러난
왕벚나무 거친 뿌리를
황갈색 나뭇잎들이 덮어주고 있다

가끔 햇살에 반짝이면서
바람과 함께 이 자리에서
저 자리까지 휩쓸려 다니고 있다

그때마다 잠깐 드러나는
나무의 발,

땅속에서만 꼼지락거렸을 태동이
가을볕을 받아 하얗다 못해 까맣다
오늘 떨어진 나뭇잎이
어제 떨어진 나뭇잎을 덮어주고 가는

저것은,
사람의 생각만큼 따뜻하다
울퉁불퉁 덮어주는
참 환한 나무의 이불

부구*


덕구 온천물로 세상을 씻고 싶어
십이령길을 걸어서 예까지 왔다

송이 철도 지난 단풍 곱게 물든 길
울진 북면 조그만 포구의 저녁 무렵까지

길 건너 원자력발전소 위용에 눌려
낯선 길거리를 하염없이 쏘다니다가

고등어구이 냄새에 이끌려 들어간 허름한 집
참나무 숯불에 구워내던 어머니의 손맛을 생각하며
등 푸른 생선 한 마리를 죄다 비웠다

어머니가 구워주는 그 고등어
다시는 맛보지 못할 것 같아서
야금야금 잔뼈까지 잘근잘근 씹어 먹었다

어느새 바다에는 집어등이 켜지고
금강송면에서 예까지 십이령길을 걸어서 왔다

* 부구 : 울진군 북면에 있는 마을

# 문밖

저렇게 풀꽃들은 바람을 딛고 피어난다
온몸에 달라붙는 어둠을 낱낱이 걷어내는
그 힘으로 세상에 자신을 내다 건다

모든 아침은 어둠이 있어야 태어날 수 있다
오랜 묵정밭에서 푸성귀가 자라나듯
우리가 죽었다고 생각하는 모든 것들은
자신의 가슴에 시퍼런 칼날을 숨겨두고 있다

기다리자, 새로움은 늘 내 안에 있음을
나를 바꾸는 힘이 바로 내 안에 있음을 기다리자
마른 울음으로 펄펄 끓는 분노의 가슴으로
오래 견딘 나무처럼 그렇게

우리는 절망 끝에서 꽃을 피운다
스스로 목말라 뒹구는 절망 속에서
소담스럽게 일어서는 것들은 늘 아름답다

# 내 속의 겨울


옛집 그늘에 가서 누운 밤
높은 산에서 몰려오는 폭설은 지붕을 덮고
눈 무게를 견디지 못한 침엽의 가지들이 부러진다

바람은 허공을 훑고 지나가고
굴뚝새 울음소리도 보이지 않는 밤
까맣게 산등성이가 눈보라에 묻혀간다

얼어 터진 계곡의 무르팍이 수직으로 꺾이면서
무섭다, 꺼이꺼이 몸을 말면서
나는 오리털침낭을 머리끝까지 뒤집어쓴다

많은 바람에 부대껴왔으나
지금, 이 빈집에서 만나는 눈보라는
예전의 것이 아니다
만나서는 안 될 사람까지 공연히 그리워지는

그 어떤 불꽃으로도 눈보라를 녹이진 못하리라

다만, 견디는 일이 유일한 방법일 뿐,
그런 예감으로 흰 것뿐인 아침을 기다린다


다시 눈보라가 계곡을 후려치지만
저 직립의 나무들이 검은 뼈를 드러내지만,

# 참, 고맙다

위층 아이들이 쿵쾅거리며 뛰어다닌다
부모님이 출타 중인가보다, 그 소음을 가리려고
TV 소리를 한껏 높이지만 가려지지 않는다

우리 집에도 손주들이 오는 날은 쿵쾅거린다
그런데도 아래층 주인은 아무런 내색조차 없다
불평불만 없이 잠잠하다

집을 비웠는가,
궁금해서 여러 번 밖에 나가 올려봤는데
아래층은 불이 환히 켜져 있다

층간 소음에 칼부림이 났다는데
알아도 모른 척 눈감아주는 아래층이 참 고맙다

# 3월

마른 벌판으로
너는 밀물지고 있다

긴 눈보라의 폭력이
매화나무 뿌리로 숨고
그 힘으로 일어서는 가지들
손끝 다닥다닥 힘줄을 매단다

철 지난 참새들도 돌아오는
마지막 겨울 변경에서
바람은 푸른 고 긴 손가락으로
사물의 몸에 플러그를 꽂는다

횡 휘잉, 감전되는 몸
이 환장할 한때를 위하여
가지마다 숨어있던 숨결이
가만가만 연초록 물감을 풀어놓는다

텅텅 빈 벌판으로
나도 환히 밀물지고 있다

# 봄, 근황

외출 못 하고 숨 쉬는 일이 많아졌다
코로나 때문에 외출 못 하고
그저 숨만 내쉬는 나날, 이젠 숨 쉬는 일이
가장 어렵다는 것을, 그 어려운 일을
견디다 못해 티브이 영화를 보는 둥 마는 둥
공연히 맨손체조를 하는 둥 마는 둥, 하는 사이
힘겹게 하루가 지나간다

시간을 견디는 일만큼 어려운 일도 없다는 것이,
멀쩡한 몸 가만히 두고 하루를 축낸다는 것이
눈 뜨는 아침에서 잠드는 자정까지
불안이 불안을 몰고 오는 어지러운 생각 사이로
가까스로 잠드는 새벽에서 아침에 맞이하는 어떤 주검 사이로
문득, 나도 죽을 수 있다는 공포, 그 공포가
내 가슴을 옥죄며 머릿속을 쿡쿡 찌른다

사회적 거리를 지켜야 한다는 안내문자를 들여다보고 있으면,
내 몸은 여전히 36.5도 정상적 체온인데

자칫 무증상감염이라는 생각이 번개처럼 뇌리를 스쳐

기왕 죽더라도 한바탕 바깥바람이나 쐬자고,

멋진 연애나 제대로 한번 하고 죽자고,

먹고 싶은 것 다 먹고 죽자고, 벚꽃이나 실컷 보고 죽자고,

악마 같은 봄이 창밖에서 나를 속삭인다

# 만월

옛집 우물은 만수위다

여름밤이면 유난히 달과 별이 가까이 내려오면 어머니는, 야 야 저 달 좀 보레이 하시며 가슴을 울먹이셨는데, 어느 만월의 밤 우물물 한 그릇 떠서 뒤뜰에 옮겨놓고 두 손 모아 빌기도 하셨는데, 어릴 적 내 가슴으로는 달이 밝아서 잠 못 이루겠다는 것인지 아니면 서른 살에 군에 간 아버지의 안부를 비는 것인지, 혹은 나를 못살게 굴던 아이를 용서하는 마음으로 비는 것인지 나는 아직도 가늠하지 못한다 다만 우물 안으로 그 모든 것을 불어넣으면 와와, 어김없이 메아리로 답해주었던 그 깊이 이 집 주인들 모두 떠나 서로들 잊고 사는데 어쩌다 돌아와 그 속을 들여다본다 우물은 밤새도록 달빛을 뿜어대지만 떠난 사람들 돌아오지 못한다

우물은 찰랑찰랑 여전히 만수위다

# 시골집

연사흘 눈이 내립니다
첫날은 눈향나무를 가만히 덮어주더니
어제는 싸리나무 울타리를 덮어버리더니
오늘은 추녀까지 닿을 듯 눈부십니다

길 없는 길 끝에서
계곡에 빠진 승냥이 울음이 마을을 휩쓸고 갑니다
그 울음에 마당귀에 날아든 참새 몇 마리
황망히 지붕 속으로 몸을 숨깁니다

참새가 마당귀에 찍은 발자국 몇 개
내리는 눈발에 고스란히 묻혀갑니다
발바닥의 상처가 지워집니다

올려다본 허공이 허공 속으로 숨는 날입니다
나무도 참새도 그림자도 지워진
집이 온통 허공입니다

## 처마 밑으로

공중을 떠돌던 새들이 돌아오는 저녁
지친 날개를 오롯이 접을 수 있는
이곳은 언제나 따스한 처마 밑
아궁이의 불이 연기로 덮이는 저녁이면
모든 새가 찾아들고 싶지만
둥근 저녁은 쉽게 마련되지 않는다
발붙일 수 없는 허공에선
종일 바람불고 천둥 번개가 치고
마른 주둥이와 날개로 울고 파닥였으나
잠자리와 굶주림은 좀처럼 허락되지 않는다
살갗을 찢을 듯이 추운 공중
지친 날개로 종일 눈보라 속을 떠돌다가
이제 비로소 맞이하는 둥근 저녁,
허공 저쪽에서
또 한 마리가 이곳으로 날아들고 있다

# 참, 환한 저녁

먼 하늘로부터
아주 천천히 날아온

꽁지 짧은 새 한 마리

모든 것이 짧아
감출 것 하나 없는

굴뚝 언저리로 와서
가만히 몸 숨기는

눈 내리는 저녁

제 **3** 부

버려야 산다

## 마스크와 대낮

마스크에 코로나바이러스가 제 몸을 밀어 넣는
공포가 약국 앞에 길게 늘어선 대낮
머리칼은 바람에 속절없이 또 흩날리는데
채 잎을 틔우지 못한 나무는
아무렇지 않은 듯 마른 몸 그대로 서 있고
번호표를 받아쥔 손에 붙들려있던 햇살이 다시
마스크를 받아든 채 황망히 떠난 그 자리
밭은기침조차 제대로 토할 수 없는 목구멍에서
가래 끓는 소리만 들리는 이 한낮
마스크는 마스크끼리 우뚝 자리 잡는다

## 갈대 전략

살 휘어지는 법부터 배워야 한다고 했다
길에서 만난 고등학교 동창 녀석은
이 작은 도시에 와서 살게 되면서부터
조금씩 휘어지는 법을 연습하고 있다고 했다

서로 화합하며 살아야 한다는 것이
이 도시의 불문율이라지만
억울해도 분노가 속을 뒤집어도
속마음 돌로 꾹꾹 눌러놓고 감추어야 한다는 것,
전후좌우 허리를 잘 구부리고 돌려야 한다는 것,
진실보다는, 살아남기 위해선 허리 잘 구부리고
머리 다소곳이 조아려야 한다는 것,

그래 바람에 잘 휘어지는 갈대는 그의 멘토
휘어져서도 목숨 버리지 않고
다시 꼿꼿이 일어서는 갈대는 그의 스승
잘라보면, 갈대의 속이 텅텅 비어있듯이
바람 많은 눈보라에도 그는 살아남아야 했다

잘 휘어지기 위해 속마음 텅텅 비워두듯이

견디기 위해 마음 한쪽을 비워두는 일

저 기막힌 전략을 새삼 뒤늦게 배운다고 했다

# 익숙한 풍경

덜컹거리는 눈발이 지붕을 덮는다
불안한 사람들은 어둠을 덮고 잠든다

정상에서 마을까지 내려온 바람이
깊이 잠든 나무를 흔들어 깨운다

그때마다 흔들리는 나무는
바람을 껴안는 자세로 다시 잠든다

눈발이 그치자 다시 덜컹거리는 지붕
굴뚝과 처마가 제 몸의 온기를 내뿜는다

송이송이 내린 눈은 제 손이
닿은 곳까지 가서 어루만진다

바람을 품으려고 가슴을 크게 벌린다
직립의 나무들이 눈보라와 마주 선다

짐승들의 포효가 바람처럼 사라지고
덜컹거리는 지붕을 껴안고

사람들은 심장이 쿵쿵거리는 새벽까지
산짐승의 불안을 껴안고 나뒹군다

눈보라 그치기까지 누구도 잠들지 못한다

# 몸 엘러지

쌈밥 정식을 먹고 온 날 밤
온몸이 근질거려서 견딜 수가 없다
앞가슴과 겨드랑이를
등허리와 사타구니까지 드럭드럭 긁어댄다
긁힌 자리가 잠시 시원해지는 듯하더니
마침내 열꽃이 피어오르기 시작한다
긁고 문지르고 찬물에 몸을 씻어도
살갗을 비집고 솟아오른 상처는 가라앉지 않는다
함께 먹은 아내는 속만 부글거리다가 가라앉았는데…

이튿날 병원 약을 지어 먹었는데도
살갗을 뚫고 나온 독기는 좀처럼 가라앉지 않는다
면역력이 떨어져서 그렇다고 아내는 말하지만
나는 안다, 지은 죄목 많아서 그렇다는 걸
남보다 나를 위해 욕심을 부려서 그렇다는 걸
하느님은 이제 나를 다시 부르신 거다
깨끗이 나은 몸으로 다시 살아가라고
온통 열꽃으로 몸을 태우게 만드는 것이다

# 오늘

첫차를 타는 일은
내 안에 나를 가두는 일이다

어제보다 환할 거라고
내 안의 너는 속삭이지만

어제 속삭인 너의 말이
이 아침 도무지 생각나지 않는다

차창 가득 빌붙는 안개
우리 빨간 식욕으로 빠질대는데

제발 과식은 말아야지
다짐하고, 또 다짐하면서

첫차를 타는 일은
내 안에 나를 가두는 일이다

# 탓

바닥을 드러내지 않는 나무들이 많다
아무도 숨겨진 내력을 읽지 못한다
지긋이 아랫도리를 물에 담그고
제 속살을 함부로 드러내지 않는 갈대와는 달리
직립의 자세로 하늘 찌르던 어느 폭설의 밤
눈보라와 당당히 맞서다가 뿌리 뽑힌 나무를 본다

바닥으로 고스란히 무너져 내린
장렬한 아침, 지평으로 누운 나무는
바람 앞에 너무 꼿꼿했던 탓,
전후좌우로 가볍게 몸 흔들지 못한 탓,
저 나무는 약삭빠른 내진설계를 못한 탓,
스스로 알아서 재빨리 휘어지며
머리를 조아리는 물푸레나무며
싸리나무의 DNA를 간과한 탓, 죽어가면서
질펀하게 바닥을 펼쳐놓는 금강소나무여
일목요연하게 나이테로 생애를 펼쳐놓고 있다

저렇게 곧은 것들은 쉽게 바닥을 드러낸다
그리하여 마침내 부러진다, 훌러덩 뒤집힌다
휘어지는 것은 침엽의 생존방식
오오, 곧아서 자진한 친구 하나 누워있다

## 버려야 산다

책꽂이를 몇 개 더 들이고도
아내는 책 정리가 되지 않는다고 성화다

몇 년에 한 번도 눈여겨보지 않아
뽀얗게 먼지만 쌓이는 책들
그런데도 아내는 버리지 못하고 있다, 아니
버리기는커녕 더 사서 모은다
거기다 더 넓은 집으로 이사 가자고 성화다
추억이 있는 것들이어서
오래 손때 묻은 것이어서
활용 가치가 있는 것들이어서
쉽게 버려서는 안 된다는 거다

그러나 나는 안다, 저들을 필요로 하기엔
너무 많은 시간이 흘렀다는 것을
그래서 버려야 한다고 말하는데도
아내는 또 쓸 날이 있다고 하는 것인지…
어쩌랴, 저 책들은

두 번 다시 어여삐 봐줄 대상이 없는 것을
오늘도 나는 버리자고 하고
아내는 더는 버릴 수 없다고 투덜대고,

# 밀면

춘천에서 먹는 평양냉면은
부산에서 먹었던 밀면 맛이다

피난 시절 먹을 것이 없어서
구호물자로 나온 밀가루를
냉면처럼 만들어서 먹었다는 그 음식

이제 밀면엔 메일이 없어지고
밀가루와 전분만 들어 있다

여름에는
동치미 국물의 시원한 국물 맛으로
겨울에는
뜨겁게 끓여서 체온 데워주는 그 맛으로

후루룩 쩝쩝 한 그릇 비워내던
이젠 아무 곳에서나 맛볼 수 없는,
퇴촌 밀면집에 가서나 맛볼 수 있는,

부산엔 못가고
춘천 영서로에 있는 평양냉면집에 가서
냉면이 아닌, 밀가루 면만 먹고 온다

# 강물의 시간

강물에는 반짝이는 시간이 넘쳐난다
이를테면, 사랑 혹은 눈물이라든가
말할 수 없는 비밀이라든가, 이런 것들은
자작나무숲에 열리는 별처럼 아름다웠다

햇살 좋은 날보다
비바람 부는 날이 더욱 자주 찾아왔다
강물은 흘러갔고
귀밑머리 희끗희끗 밑뿌리를 드러낼 때까지
부디 모른 척하며 살아야 했다

수없이 저녁이 왔고
나는 썩은 고기들만 낚아 올렸다
너무 짧은 하루가 강어귀로 사라졌다

눈을 들고 바라보는 것들이 많아지면서
모가지는 길어졌지만 봄은 오지 않았다
그렇게 저녁이었다

이제 강물은 더는 흐를 곳이 없어졌다

# 중심에 대하여

무엇을 보느냐에 따라 중심은 흔들린다

처음 만나는 것에서 싹트는 경이로움
젖은 동굴에서 햇살을 만지는 순간처럼
맨 처음 만나는 일도 눈을 크게 뜨는 일이다
내 마음의 눈을 한결 뜨겁게 달구는 일이다

가슴 부풀리며 바라보는 아침이
가장 눈 시린 꽃처럼 피어나듯이 사랑은
무엇을, 어떻게, 바라보느냐에 따라
너와 나의 중심은 가파르게 흔들린다

버릴 것 다 비워버리고
온전히 바라볼 때 중심은 견고해진다

# 곡선과 직선


그대, 어느 것을 선호하는가?
직선은 빨리 가는 것
곡선은 느리게 가는 것
직선은 그대로 꺾일 것 같고
곡선은 그대로 잘 휘어질 것 같은

세상은 빨리빨리 가야 하는데
과장에서 부장으로 이사로 초고속을 해야 하는데
한사코 느리게만 가는
약삭빠르지 못한 속도를 붙잡고 뒹굴어보지만
출세한 것은 그대가 아니라 그대의 거품일 뿐,

그대 심장에 누가 다가와 본 적 있는가?
그렇다면 그대의 속도가 마냥 달가운 것은 아닌 것,
너무 쉽게 꺾이고 너무 쉽게 무너지는
빨리빨리 달려야 하는 속도가 만연한 때
참으로 간절히 참으로 절실히
천천히 아주 천천히 짚고 또 짚어야 할 것은 없는가?

무너지고 허물어졌을 때
비로소 되짚어보는 이름
조금만 천천히, 조금만
더 찬찬히 들여다 봐야 할 이름

# 어느 날 내 눈이

어느 날 내 눈이 멀게 된다면
컹컹 도둑 쫓는 개만도 못하다는 생각을 해본다
점점 눈의 초점이 맞지 않다가
어느 날 갑자기 보이지 않는다면
나는 무슨 재미로 세상을 사나
눈 뜨고도 코 베이는 세상이라지만
눈으로도 보지 못한 것들을
나는 또 어떻게 믿나, 어릴 때는
눈 감고도 징검다리 훌쩍 뛰어 건너고
눈 감고도 온전히 차지할 수 있었던 것을
이젠 내 두 눈 크게 뜨고도
속고 속이며 사는 세월, 어제 본 사람을
나는 오늘 잘 기억하지 못한다
그리하여 나는 오늘
두 눈 부라리고 하늘을 본다
눈 감고도 환하게 보았던 그 고향 별들을
이젠 눈 크게 뜨고도 볼 수 없는
이 도시의 밤하늘을

아름답던 시절 내 별은 누가 훔쳐갔을까?

오늘도 나는, 저 반찬가게의

말라 비틀린 북어가 되지는 않으리라

초점 없이 퀭한 저 눈이 되지 않으리라

그래서 두 눈 크게 뜨고

깜빡이는 모니터 화면의 커서를 본다

# 딛는 발이 허공 같다


춘친에서 통영까지 다섯 시간
다음날 다시 춘천까지 운전을 한다

휴게소에서 두 번 쉬었는데도
거실 바닥을 딛는 내 다리가
허공을 붕붕 떠서 걷는 것 같다

엑셀을 너무 오래 밟은 탓이다
다리의 근육과 피돌기가
깡마른 주목처럼 제대로 작동하지 않는다

저 산등성이에 걸린 노을처럼
이 가을은 재빨리 눈보라에 저물지도 모른다

어쩌면 마지막 계절이 될지 모른다고
내가 나에게 넌지시 타이른다

# 대패질의 시간

거친 부분을 다듬는다
나무가 버리는 욕망의 부스러기
깎고 다듬는 둘레가 반짝인다

내 몸 위로 칼날이 지나간다
푸른 그늘 속으로 무성해지는 여름
내 어긋난 하루가 깎여나간다

나이테만큼 쌓이는 하늘
거기, 뜨는 달과 별은 처연하다

비바람 거친 시간을 다듬는다
음흉한 얼굴의 시간을 다듬는다
내 선 꿈의 잠이 펄펄 잘려나간다

# 바람 많은 날

물 흠뻑 적신 걸레질을 한다
켜켜이 쌓인 것이 말갛게 씻기는 바닥

밀대 자리마다 채 마르지 않은
나의 내력이 스키드 마크로 남는다

검은 타르 같은 무게로
바람 많은 세상을 걸어온 탓이다

문지르고 또 닦아야 하는
마치 검푸른 마음 같은,

제 **4** 부

다시, 그때로

# 겨울 저녁의 시

새 한 마리 눈길을 내다본다

땅끝 아득히 눈발은 날리고
흐린 세상 맑게 볼 수는 없으나
굴뚝 언저리로 날아들기 위하여
이 저녁 새는 날갯짓 멈추지 않는다

지나온 허공은 미세먼지 무겁고
그대와 나 사이 세상은 흘러만 갔다
바라보면 먹구름 갤 때도 있었으리
이 저녁 새는 날갯짓 멈추지 않는다

어스름을 지우며
날아오는 가벼운 점 한 덩이

## 나뭇잎보다 가벼운

나뭇잎보다 가벼운 한 남자가
눈 내리는 허공에 발꿈치를 들어 올리고 서 있다
깃털만큼 가벼운 몸은 바람에 잘 얹힌다
들숨은 가까스로 숨구멍으로 넘어갔으나
날숨은 허파꽈리를 부풀리지도 못하고
조금씩 가늘어지는 목울대를 빠져나오지 못한다

숨결은 여린 눈발에도 잘 지워진다
남자의 발은 좀처럼 땅을 박차거나
질질 끌거나 하지 못하고 못 자국처럼
땅바닥에 고정되어 있다, 다만 침묵할 뿐
남자의 가느다란 허공을 움켜쥐다가 이내
내리는 눈발에 젖어 바닥으로 가라앉는다

숨결은 이제 눈발이 되어 흩어진다
흩어져서는 허공의 깃털이 된다
성긴 머리 위로 물살을 가르듯 내리는 눈
정수리로 어깨 언저리로 까맣게 내린다

마지막 숨결은 들숨이 되지 못하고
허공에 닿으면 눈발이 되고
나뭇잎에 닿으면 나뭇잎이 된다
서 있던 남자의 허공이 와르르 무너진다

## 팽나무에게

내가 던진 말이 너의 가슴을 후벼 판다면
한 그루 푸른 나뭇가지를 더욱 흔들리게 한다면
든든하지만 여전히 귀가 미욱한 나무여
내 입술은 가볍고 너무 바람에 자주 흔들거려서
미안하다, 나무여
내가 함부로 지껄인 말이
내 옆의 단단한 나뭇가지를 흔들리게 한다면
때때로 우리 사이가
저 벼랑 끝 바위처럼 쩍쩍 갈라질까 봐
두려운 것을, 오오 나의 나무여
민들레 날개처럼 가벼운 나의 말들이
허공으로 날아가
너에게로 날아가 날카로운 비수가 된다면
차라리 이 가벼운 입술을 봉합해야 하리
다시, 여름이 깊고
내가 던지는 말들이 무성한 초록 잎으로
활활, 말의 성찬을 벌이는데
너의 무성한 어깨에 얹히는 나의 말, 말들

부디 따뜻한 체온으로 다시 얹히기를
너에게서 가서 선명한 빛깔의 바람이 되기를
바라본다, 나는, 이 여름 초록 가지를

# 봄날에 기댈 수 없다

목련 그늘에 앉았던 봄이,
라일락 그늘에 옮겨 앉았던 봄이
이 저녁 마로니에 깊은 그늘로 숨어버렸다
저녁 한때가 그믐처럼 춥고 깜깜해졌다
그리고는 모든 것이 얼어붙었다
창을 열었으나 어둠은 스며들지 않고
바람 한 점 불어오지 않고
나뭇잎도 우리의 봄날도 저물어버렸다
이 짧은 시간 누가 불을 켜 줄 것인가
봄이 짧아진다는 것은
연둣빛이, 따뜻한 것이, 용서한다는 것이
사라진다는 것
그렇게 사라지는 저쪽으로
아직도 배를 몰고 가는 사람이 있다
그냥 버리기엔 소중한 숨결을,
가느다란 한끝을 잡고 나는 이 저녁을 버틴다
너무 짧게 지는 봄을 감당해야 하는
나는 그대로 주저앉을 수가 없다

모든 것이 재빠르게 흘러가는 이 저녁
가슴 뜨거운 사람이 왜 먼저 죽는가를
나는 나에게 되묻는다
그리고 오래 두리번거린다
먼저 사라진 봄이 어디쯤 숨었는가를

# 다시, 그때로

뒤뚱거리는 다리의 중심을 다시 고쳐서
저 싱싱한 나무처럼 흔들리지 않고
저 무한한 하늘 떠받들 수 있게
무한한 새벽을 달려가는 싱싱한 풀잎일 수 있게
내 구부러진 등허리의 무게를
다시 꼿꼿하게 펴서 걸어본다는 것은,
저 새 떼처럼 재잘거리는 그런 목소리 말고
아침마다 봉곳이 세상을 여는 나의 아침
그런 아침을 꽃피우고 싶다
저 마른 저수지의 쩍쩍 갈라 터진 전답 같은
내 하루의 모습을 본다는 것이
나는 이제 한가롭고 마냥 지쳤다
흰 머리칼 하나 없던 그 얼굴로
누가 부르면 마냥 달려 갔던 그 시절을
맹목의 사랑도 이젠 그리움이라는 걸 안다
모든 것을 다 안다고 하지만 새로운 것이
두려운 나이, 떨어진 나뭇잎 하나에도
이 아침은 바람처럼 흔들리지만 나에겐 보인다

떨어지는 나뭇잎 사이 열매들, 그것을 희망으로
보듬는 요즘의 헛된 날들은 눈물겹다
다시 젊음으로 돌아갈 수만 있다면
익숙한 골목과 빌딩과 에스컬레이터 앞에서
마지막까지 잘 길들인 몸과 마음으로
미처 못다 한 사랑까지 나눌 수 있을까,
그 풋풋함으로 살아가게 될까, 다시 그때로

# 동굴은 잠들지 못한다

지 고드름 같은 종유석들이 천정에서
원통형으로 길게 바닥까지 목을 늘이면서
한 치의 오차도 없이
같은 자리에다 똑똑 물방울을 떨구고 있다
천년의 시간이 차곡차곡 쌓여가고
일정한 간격으로 떨어지는 물방울 궤적이
쌓여서 탑이 된다는 것을 생각조차 할 수 없다
저들이 거꾸로 자라는 일은
천년의 세월이 흘러야만 겨우 손톱만 하게
제 키를 늘이는 일이라서 아무도 눈치채지 못한다
이 동굴을 탐방하는 자들에게
느림의 미학을 깨우쳐주는 일,
혹은, 너무 느려서 죽은 듯 멈추어있다가
간혹 얇은 빨대 모양의 종유석들이
제 몸이 피리 구멍인 줄 알고
일정한 간격의 물방울들을 모아
제 크기만큼의 소리 공명이 된다
톡, 토옥, 토토옥……

그래서 동굴은 침묵하는 법이 없다
바라보면 모두 캄캄한 벽이라 해도
보이지 않게 자라나는 저 파동은 뜨겁다
이 여름, 잠시 머물 뿐인데
저들의 느리디느린 행보가
갈길 바쁜 내 생각을 오래 붙잡아둔다

# 서로 만날 수 없는 거리에서

기지 하니 기우기 위해
캄캄한 길을 더듬어가는 뿌리
물길 찾아가는 거룩한 촉수
연둣빛을 켜 든 가지의 힘은
바로, 뿌리가 길어 올리는 힘
저들 조화가 나무의 생애다

서로 만날 수 없는 거리에
그리움 하나씩 두고
나무의 머리에 뜨는 별을 모아서
나무는 이 밤에도
땅끝까지 등불 하나 내려보낸다

보아라,
뿌리가 없는 집은 허물어진다
기둥은 집의 뿌리, 잎은 나무의 등불
저것들 보듬는 그리움으로
뿌리는 오늘 더욱 단단해진다

# 눈은 왜 수직으로 내리지 못하는가

눈은 왜 수직으로 내리지 못하는가?

바람 한 점 없는 날에도
바라보면 눈은 난분분 난분분 흩날린다
만지면 바스라질 저 가녀린 몸짓
입을 크게 벌리고 허공을 향해 심호흡을 한다

젖은 마음으로
날개 하나 잡고 허공을 오르는 꿈을 꾼다
바람이라도 불어온다면
더 빨리 허공으로 솟구칠 것만 같은데

이제 날아오를 거야
더는 참지 않고 훌훌 여기를 떠날 거야
지금 이 캄캄한 밤을 벗어날 거야

눈은 왜 수직으로 내리지 못하는가?

문득 내가 잡은 깃털
그것은 허공을 날지 못하는 날개였다

# 어둠을 딛고 일어서는

모든 꽃은 어둠을 딛고 일어선다
몸에 달라붙는 어둠을 낱낱이 걷어내는 그 힘으로
이 아침 눈부시게 자신을 세상에 내건다
그렇게 어둠을 견딘 것들은 아침을 만난다

모든 아침은 그렇게 오는 것이다
아침은 언제나 어둠이 있어야 태어날 수 있다
버려둔 텃밭에서도 푸성귀가 자라듯
오래 죽었다고 생각한 풀들도
저마다의 가슴에 힘을 감추고 있다

그렇게 목숨은 끈질긴 힘을 감추고 잇다
바라보자, 새로움은 늘 내 안에 있음을
나를 바꾸는 힘이 바로 내 안에 있음을 바라보자

짜디짠 울음으로 펄펄 끓는 분노의 가슴으로
오래 견딘 나무처럼 그렇게
우리는 절망 끝에서 꽃을 피운다

꽃은 스스로 목말라 뒹구는 절망 속에서
소담스럽게 피어난다
어둠을 딛고 피는 꽃들은 모두 아름다운 법이다

## 내 몸에 플러그를

보일 듯이 손잡을 수 없는 별들은
내가 불러야만 지상으로 내려온다
베갯머리에 반딧불이로 날아와 불을 밝히고
두런두런 나의 내력을 읽는다
잠들지 못한 내력들이 별빛으로 씻기면
비로소 낱낱이 드러나는 죄목
나는 늘 차가운 새벽이다

몰아치는 눈보라가 예고 없이 나를 지운다
보이지 않는 흰 것들이 나를 밟고 가고
수런수런 대문간을 서성이는 바람
그때마다 해바라기 씨앗이 담장을 물들인다
가을이다, 풀벌레 울음소리 하나 없는
강물처럼 깊어가는 우리 모두의 건망증
너에게로 가는 길이 모두 지워졌다

소통의 충전기를 잃어버린 날,
어둡다는 풍경이 저녁연기로 타오를 때

누가 나를 데워줄 수 있는가
별은 슬픔처럼 빛나야 아름답다 말할 수 있고
이 밤, 내가 바람처럼 울어야 한다면
누가 저 닫힌 창문을 열어줄 것인가

# 바위의 틈

절벽은,
비바람이 제 몸에 실금을 낼수록
소나무며 풀꽃을 보듬어 키운다

이 세상 견고한 것들은
바람이 들어야 유순해진다, 갯바위가 그렇고
언젠가 제주에서 본 돌하루방이 그렇다
처음엔 단호히 몸 사리다가
어느 날 슬그머니 바람에 틈을 내준 것,
조금씩 내준 실금의 틈으로
햇살이 몰려와 그 안은 훈훈해지고 환해진다
언젠가 경주 남산에서 본 마애불이 그랬던 것처럼
바람이 머무는 자리엔 틈이 생기고
그 틈으로 작은 것들이 몰려와 집을 짓는다

아주 조그만, 그러나 정갈한
그 틈에서 나무가 자라고 풀꽃이 피고
아아, 허공을 떠돈 새들이 돌아와

지친 날개를 쉰다면 얼마나 다행이랴

틈 하나 없는 세상에서
바람 불고 눈보라 치는 저녁이면
저 절벽 끝 빌붙어서라도
작은 틈 하나 마련해주고 싶다, 내 몸에

# 황장목 찾기

하늘 찌를 듯 몸 꼿꼿이 세운 수만 그루의 소나무가
내리는 눈발을 머리로 어깨로 받아먹고 있네

시퍼런 침엽이 내리는 눈송이를 환관처럼 두르다가
불어오는 바람결에 눈송이를 털며 침엽이 되는 것을 보네
눈송이를 받아먹는 것은 자신을 흩트리는 일이라는 듯
다시 원래의 모습인 직립의 자세를 가다듬네

천년의 시간을 건너는 한 채의 집을 위하여
백 년이 지나야 비로소 황장목이 되는 일
바람에 머리칼 휘날리다가 한 사나흘 내리는 폭설에 얼어붙
었다가
진달래꽃으로 화전을 부치다가 참매미 울음에 속 간장을 태
우다가
마침내 모든 것을 내려놓고 다시 꼿꼿이 하늘만 쳐다보다가

내리는 눈송이를 환관처럼 받아들고 직립으로 설 때
쓸모없는 시간을 건너 쓸모있는 존재가 되는 일

나무 속에서 천년 나무가 되는 일

황장목이 되는 일


사람 안에서 사람이 되는 일

황장목이 되는 일


* 황장목 : 속이 누런 소나무를 황장목이라고 부른다. 백 년 이상 자라야 황장목이 되는데 나뭇결이 곱고 나이테가 촘촘해 강도가 높아 뒤틀리지 않으며, 벌레가 먹지 않고, 송진이 있어 습기에도 잘 견딘다. 궁궐과 배 만들 때, 관을 짤 때 썼다.

# 여름과 봄 사이

여름이 눈여겨보고 있는 봄날과
그 봄날의 가랑이 사이를
나는 또 어떻게 바라볼 것인가
숨 가쁘게 초록으로 달려가는 풀꽃과
아직 잎새조차 매달지 못하는
나무의 간극을 어떻게 좁힐 것인가

내게도 펄펄 끓는
그 시간에 몸을 던지는 순간이 있었다
신열에 눈을 데는 순간이 있었다
그런데도 몸 뜨거운 시간은 사라지지 않고
오래도록 나는 그 물결에 휩쓸렸으니

여름이 끌어당기는 봄날, 그 열정으로
풀꽃과 나무의 간극을 더 좁혀야 한다
풀과 나무가 서로서로 어깨 감싸는
그 시간의 간극 사이,
멀고도 가까운 것은 늘 그리운 법인데

## 바람의 기원

때죽나무 가지 사이
나뭇잎 사이를 붙들고 오는 바람은
허공을 가르며 날아오는 무량의 눈빛

만질 수도
냄새를 맡을 수도 없는, 그런
허무의 경계
비어 있어나 비어있지 않은
너는 허공의 꽃

마침내 때죽나무 둥치 너머
푸르게 씻겨서 떠오르는
너는 달덩이
자정을 밝힐 수만 있다면

밤하늘 별들을 때죽나무 가지 끝으로
가까스로 끌어당길 수만 있다면
눈 감아도 선연한 얼굴
너는, 그런 흔적으로 다가서는

# 고드름

처마 끝은 송곳이다
눈보라에 거꾸로 자라는 이빨들
밑뿌리의 적막함을 다스리진 못한다

겨울 이마에 구멍이 뚫린다
무섭도록 자라는 송곳니
거꾸로 뎅강 목이 잘리기도 한다

허공을 긋는 외마디 비명
하늘이 어두워진다, 너는 없다
거꾸로 자란 울음이 바닥으로 처박힌다

가벼워지는 처마 끝
붙일 수도 없는 울음이
빈집 처마를 한껏 휘감고 돈다

# 내 시의 요람, 금강송면의 겨울

임 동 윤

# 내 시의 요람, 금강송면의 겨울

임 동 윤

열세 번째 시집을 펴내면서 내 고향 울진군 금강송면의 겨울을 떠올려본다. 높다란 산들이 병풍처럼 둘러쳐진 금강송면 쌍전리의 자그마한 마을. 둘러보아야 산과 하늘만 가득 찼던 어린 시절, 내 삶은 통고산에서 몰아치는 눈보라로 참담했었다.

지금 돌아보아도 내 유년을 절반은 아직 눈보라 속에 있다. 암울했던 그 시절, 서른둘에 군에 간 아버지는 서른일곱이 되는 그해 겨울까지 돌아오지 않으셨다. 사흘 밤 사흘 낮을 무섭게 퍼붓던 눈발은 시골집 추녀까지 덮어버리고, 울진읍으로 가는 모든 길을 눈 속에 묻어버렸다. 그런 날 아침이면 어머니는 얼음 박힌 손으로 사랑방에 뜨겁게 군불을 지피며 무쇠솥 철철 넘치게 물을 부어 도토리 떫은맛을 우려내셨다. 마치 가슴에 남은 앙금을 훌훌 씻어내듯이ㅡ.

쓸어도 쓸어도 쌓이는 눈발은 여섯 자 두께로 마당귀에 쌓이고 그때 보이지 않는 세상 속으로 눈보라만 몰아쳤었다. 눈 속에 갇힌 마을의 굴뚝은 연약한 포신을 하늘에 고누고 실오리 연기만 피워 올렸다. 며칠 내린 눈이 그치면 마을의 장정들은 저마다 창을 들고 서둘러 멧돼지사냥을 떠나고 나면 아아, 그때 나는 알았을까, 아버지가 돌아올 날은 멀고 눈보라 치는 날들이 아직 많이 남았다는 것을.

저녁 무렵, 사냥 간 장정들이 커다란 멧돼지를 등이 휘어지도록 메고 와 관솔불 환히 밝히고 한 마당 축제를 벌일 때면, 나는 눈보라 속으로 숨고만 싶었다. 그런 날은 어머니도 밤새 잠들지 못하셨다. 느그 아버지만 있었어도…. 어머니는 대숲 스치는 바람으로 우우 우셨다. 살코기 한칼 나누어 가질 아무런 권리조차 없었던 우리는 그 겨울 동안 눈보라 속에 서 있었고ㅡ.

그로부터 내 유년의 절반은 이미 금강송면의 눈보라 속에 갇혀버린 셈이다. 어쩌면 이 경험이 내시의 요람이 되었는지도 모르겠다.

## 1. 겨울의식 혹은 사는 일의 고달픔

내 시를 관류하는 것은 겨울의식 혹은 사는 일의 고달픔이다. 아래 인용한 시에서 보듯이 오래 사용하여 이제는 그 기능이 떨어져 자주 고장이 나는 폐차처럼 우리 몸도 그렇게 마멸되어 간다. 무게중심을 제대로 잡지 못해서 흔들리거나, 어둠이 자욱한 길 한 가운데서 길을 잃고 방황하는 모습으로 표상되기도 한다.

날마다 내 몸에서 떨어지거나 새어나가는 것들, 하루가 다르게 마멸되어 가는 정신들, 이젠 불 밝힐 수 없는 희망들, 그 위에 절망처럼 붐비는 부식의 시간을 본다.

기름 칠갑을 한 그대의 눈이 초점을 잃고 흔들린다
녹슨 본넷트와 윈도부러쉬 사이 간단없이
몰아치는 눈보라에 겨울의 정강이가 까진다
이젠 켤 수 없는 방향지시등 우회전 좌회전이 제멋대로다
단단한 숨결 이어주던 퓨즈의 실핏줄도 끊겨버렸다
발가벗겨 남루한 몸들이 해체당하는 망치소리는
간간이 들리지만 떠도는 눈발에 흩어지고 만다
휀벨트는 끊어지고
펄펄 끓어 넘치는 라디에이터 밭은기침 소리만 낸다
눈 쌓인 길바닥에 핏물처럼 번진 폐유 자국

깊은 얼룩으로 남는다


부러진 날개 위에 어둠이 쌓여도
이젠 불 밝힐 수 없는 전조등,
그 눈알에 붐비는 절망이여
길 없는 길 끝으로 바람만이 몰려가고 질주하다 고장이 난
브레이크 위에 검붉은 녹이 슨다
톱니 허물어진 변속기어에 쌓여가는 먼지의 시간들
문득 꿈이 허물어져야만 다시 꿈꿀 수 있다는 것을 안다
깨어진 백미러 조각 사이 찢겨진 날개들이
곳곳에서 피 흘리는 오 해체의 시간이여
전속력으로 달려온 교차로의 신호등은 온통 붉은 빛이다


위험, 위험, 길, 이, 없, 음,


앙상하게 파헤쳐진 내 오장육부가
여기저기 넝마처럼 누워있고 눈보라에 정강이가 까진
이 겨울은 알몸인 채 브레이크가 고장난 핸들을 잡고
저무는 도시의 교차로 속을 무단횡단 하고 있다


— 「폐차廢車」전문



위의 시에서 '찢겨진 날개, 뽀얗게 쌓이는 먼지의 세월, 이젠

켤 수 없는 전조등, 녹슨 철판 위에 붐비는 부식의 시간'처럼
우리 사는 일이란 끝없는 소멸이며 시간과의 싸움, 그리고 인
내와 기다림의 한 과정인 것이다. 그리하여 삶 또한 고달픈 것
이고 덧없기 짝이 없는 것이라는 비관적인 인식이 내 시엔 무슨
강물처럼 도도히 흐르고 있는 셈이다.

이것은 나의 체질이고 숙명이다. 말하자면 세상을 바라보는
눈이 기본적인 면에서 비관적이고 부정적인 의식에 뿌리를 두
고 있기 때문일 것이다. 그만큼 요즘의 세상살이가 힘들고 고
달프다는 사실의 반영이라고 할 것이며, 이 점에서 이러한 의식
을 일컬어 나는 '겨울의식'이라고 명명한다. 이러한 비관적인
현실 인식은 아마도 유년 시절 내 고향 울진군 금강송면 쌍전
리에서 보낸 그 겨울의 깊은 상처 때문인지도 모르겠다.

이제 나의 초기 시 몇 편을 더듬어 가 보기로 하겠다.

①
여섯 자세치 몸 빠지는 눈구렁 속
우물길 찾던 아지매들 쿨룩쿨룩 잠들고
가마솥마다 펄펄 끓어 넘치는
옥수수 깡마른 대궁들
활활 타오르는 참나무 숯불 위에
번뜩이는 적의, 분노의 칼날이여
— 「덕거리의 겨울」 부분

107

②

그해 십이월 산판 일이 끝나자
마을의 장정들은 모두 돌아왔지만
서른둘에 군인 간 아버지는
그해 겨울이 지나도록 돌아오지 않으시었다
(중략)
저마다 일한 만큼 사이좋게 나눌 때
아아, 아버지 없어 풀이 죽은 나는
살코기 한칼 나누어 가질
아무런 권리조차 없었던 나는
그 겨울 내내 돌아서야 했는데
그때 하염없이 성긴 눈은 내리고
차가운 뺨 적신 눈물, 눈보라여!

— 「겨울 사냥」 부분


③

속절없이 달려와 죽어가는 눈송이여
물빛 어룽지는 갈피마다 선연히 떠오르는
오오, 내 어머니 주름진 생애여
산길 구비구비 돌아 분천 오던 길
한그루 대추나무로 서서 울던 어머니
퍼뜩 가거래이, 몸 성하거래이!
모질게 갈라 터진 목소리는 바람이 되어
밤새도록 대합실 문을 후둘겼던 것을

그날 흘리신 당신 눈물이 얼어
그 밤의 함박눈은 내리고, 내리고······
(중략)
서울로 서울로 달려가던 밤, 산다는 일이
바람에 몸 부대끼는 일임을 알 때
모든 길은 아득히 매몰되어 갔네
— 「분천역에서」 부분


④
사슬을 벗겨다오
코뚜레를 벗겨다오!
묵정밭 잡초더미 눈보라에 무너지는
그 아픔만큼
한없이 무너져 내리는 몸값
아무리 굴레를 벗어던져도
도무지 힘이 없는
꿈벅꿈벅 왕방울 눈만 굴려보는 겨울
쓸모없는 우리 힘들은 죽고
— 「부사리의 노래」 부분


인용한 몇 편의 시에는 겨울의식의 정체가 선명하게 제시돼
있다. 그것은 대체로 뿌리 없는 삶에 대한 절망적 인식이며, 그
로 인한 고달픈 삶에 대한 비관적 인식으로 요약할 수 있을 것

이다.

먼저 시 ①에서 나는 삶에 대한 깊이 모를 분노와 적의를 드러내고자 했다. 그것은 「여섯 자 세 치 몸 빠지는 눈구렁 속」이 암시하는 깊은 산간생활의 고절감이며, 「옥수수 깡마른 대궁들」이 상징하는 가난한 삶의 고달픔이다. 그만큼 울진에서의 내 유년은 갇힌 삶, 궁핍으로 얼룩진 삶에 대한 까닭 모를 분노로 점철돼 있다.

시 ②에서는 궁핍한 삶의 실체를 드러내고자 했다. 그것은 바로 아버지의 부재이며, 그로 인한 강한 소외감이다. 서른둘에 뒤늦게 군에 가서 돌아오지 않는 아버지, 그 당시 어린 나에겐 박탈과 결여에서 오는 소외감이 무척 깊었었다. 「저마다 일한 만큼 사이좋게 나눌 때/ 아아, 아버지 없어 풀이 죽은 나는/ 살코기 한칼 나누어 가질/ 아무런 권리조차 없었던 나는/ 그 겨울 내내 돌아서야 했는데/ 그때 하염없이 성긴 눈은 내리고/ 차가운 뺨 적신 눈물, 눈보라여」라는 구절로써 아버지 부재로 인한 소외감을 분노와 슬픔으로 표출하고자 했다.

시 ③에서 나는 어머니의 주름진 생애로서 삶의 고달픔과 고통을 각인하고 싶었다. 또 시 ④에서는 나날이 궁핍화해가는 농촌 현실과 농민의 고통스런 삶을 부사리 소를 비유로 표출하고자 했다.

삶을 찾아 도시로 떠나는 젊은이들의 이농으로 인해 점차 황폐화해가는 농촌과 헐값으로 무너져 내리는 소값처럼 농민들의 삶의 값도 나날이 하락해 가는데 대해 한동안 나는 분노하고 있었다. 민족적 삶의 원형인 농촌과 농민의 삶이 파괴되어 가는 것이 무척이나 안타까웠던 것이다.

이렇게 본다면 내 시를 관류하는 것은 아무래도 뿌리 뽑힌 사람들, 혹은 소외된 사람들의 삶에 대한 아픈 성찰이다. 이러한 소외와 고통을 속으로 끌어안고 우리 삶의 일반적인 모습으로 전형화시키고 내재화시키고자 한다. 그리하여 나는 삶의 위안과 견인력을 얻고 마침내 삶의 고양을 성취해내는 일에 기여하고자 한다.

## 2. 눈과 불의 상징, 생명력을 위하여

나는 즐겨 겨울을 노래한다. 내 유년의 기억으로는 울진군 금강송면 통고산 아래 두메마을엔 유난히도 겨울엔 눈이 많이 왔다. 어느 해인가는 초가집 추녀가 눈에 묻히고 눈 속에 터널을 뚫고 우리집과 이웃집을 다녔을 정도로 폭설이 한 사나흘 내리기도 했다. 눈만 오면 마을은 모든 것이 단절되고 오직 적막이었다. 바로 자연 그대로였다.

산과 골짝의 눈이 녹기까지 나는 외롭고 오직 내가 할 수 있는 일이란 싸리나무로 참새를 잡기 위한 새틀을 만드는 일, 앉은뱅이 썰매를 만드는 일, 그리고 감자 고구마를 질화로에 묻

어두는 일, 연을 만드는 일, 그리고 긴긴 겨울잠을 자연과 함께 자는 일뿐이었다.

그래서 내 시엔 겨울이 자주 등장하고 또 눈이 하염없이 또 지독하게 내리는 것이 가장 큰 특징이다. 내 시에서 「눈」은 '하늘 무너지게/ 사흘 밤 사흘 낮을/ 흐벅지게/ 굴피지붕 무너지게/ 여섯 자 세 치나 쌓이고/ 퍼렇게 날 세우며/ 흙집 쓰러지게/ 점점 더 굵어지고 세차게/ 모든 길이 무너지게/ 토담집 추녀까지 눈에 묻히게'와 같이 그야말로 흐벅지게 쌓이고 있는 셈이다. 그만큼 눈은 내 시 정신을 이끌어가는 시적 상상력의 동인이자 서정적 형상력의 촉매로서 긴밀하게 작용하고 있는 것이다.

그런데 이 눈이 기본적으로는 암담함 또는 절망으로서 겨울 의식에 뿌리는 두고 있으면서도 그 내면에는 따뜻함 또는 희망적인 기다림의 상징으로서 다시 살아나는 불씨를 내포하도록 한다는 점이 다분히 의도적이기도 하다. 이 점이 내 시의 단점이랄 수도 있다.


①
초저녁에 내리기 시작한 눈발은
점점 더 굵어지고 더욱 세차게 뿌려댔습니다
모든 길이 무너졌습니다

자정이 지나면서 초가집 추녀까지
모질게도 눈보라에 갇혔습니다
— 「겨울 금소동」 부분

②

토담집 추녀까지 눈에 묻히면
그 겨울의 울진행은 너무 멀었네
여섯 자세치 눈구렁 속
우물길 찾던 아지매들 쿨럭쿨럭 잠들고
뜨겁게 아궁이에 군불 지피며
쌍전리의 겨울은 깊어만 갔네
— 「엄마의 겨울」 부분

③

한 사나흘 눈이 내렸다 빈 갯펄에
바람이 몸져눕고
물길 밝히는 간드레의 불빛 속을
삽살개의 울음이 밤새도록
닫힌 바다를 물어뜯고 있었다
아무도 잠 깨어 슬퍼하지 않는 밤
— 「울진에 가서」 부분

④

늦은 밤차는 좀처럼 오지 않았네

초저녁부터 내리기 시작한
눈발은 자정 가까이 그치지 않고
저탄장도 벌겋게 목이 잘린 원목 더미도
눈보라에 갇히면서 몸져누웠네
얼어붙은 마을의 불빛들도
하나둘씩 저물어가고

　　　　　　　　—「분천역에서」 부분


　인용한 시들에서 눈은 고립과 폐쇄, 단절과 좌절의 표상으로
나타난다. 시 ①에서 눈발은 "무너졌습니다/ 갇혔습니다"와 같
이 좌절과 고립의 의미를 담고 있으며, ②에서는 '너무 멀었네/
쿨럭쿨럭 잠들고' 처럼 소외와 하강의 상징으로 제시된다. 또한
③에서는 '몸져눕고/ 닫힌/ 물어뜯고/ 밤' 과 같이 고통과 폐쇄
또는 어둠과 절망의 표상으로 나타나기도 한다. 그리고 ④에서
는 '오지 않았네/ 그치지 않고/ 몸져누웠네/ 저물어가고' 처럼
부정 종지와 하강 시어를 동원하여 비관적인 현실 인식을 반영
하고자 했다. 내 시에서 눈을 대체로 비관적인 현실 인식 또는
절망적인 세계인식의 한 표상으로 사용했다는 뜻이 된다.



　①
　젖은 어제의 문제가 씻겨나가고

114

썩은 판자들이 하나씩 헐리는 새벽
저 수평선 너머 내용 모를
바다는 더욱 출렁거리고
바람이 일어선 자리 불씨는 살아있다
                              ―「울진에 가서」부분


②

호롱불 흐리게 불 밝힌 봉창마다
그림자로 흔들리는 어깨가 보였습니다
딸깍딸깍 삼베옷 짜올리는 소리
꿈결처럼 번지고 있었습니다
                              ―「겨울 금소동」부분


③

불꽃 너풀대는 아궁이마다
이글거리는 분노를 잠재우고
눈 내리는 화음에 깊이 파묻혀 갔다
(중략)
저마다 사는 법을 터득하면서
조금씩 조금씩 산을 닮아갔다
서로의 체온 풀어 몸 덮이고
불편한 잠은 슬그머니 껴안으면서
                              ―「통고산의 겨울」부분

④
이제 불을 지른다, 누이야
마른 섶 활활 타는 불기둥
미움의 때도 던져 넣으며
저만치 성큼 다가올 봄날 아침
파릇파릇한
새순들을 기다린다, 나의 누이야

—「따뜻한 편지」 부분

⑤
목메는 그리움의 송이눈만 내리고
다시 내려치는 망치질에 살 찢기고
뼈 으스러져도 풀무질 땀 흘리는
바람 소리만 무심히 무심히 하늘 떠돈다
담금질 검푸른 물에
때 묻은 몸 말갛게 얼굴 씻기며

—「대장간에서」 부분

그런데 주목해야 할 것들이 있다. 위의 시 ①②③④⑤에서 보면 이러한 절망적인 눈들이 마침내는 「불빛, 불씨, 불꽃」 등의 이미저리와 연관되어 상승작용을 보여준다는 점이다. 인용한 시에서도 불은 「새벽/꿈결/체온/새순/얼굴」 등으로 변주되어 눈과 함께 끈질기게 나타나고 있는 것이 특징이다. 차가움으로서의 눈과 따뜻함으로서의 불의 이미지 대조를 통해서 삶의 모순성 혹은 삶의 양면성을 반영하는 동시에 서정적 형상력의 아름다운 긴장력을 성취하고자 한 것이다. 다시 말해 절망할 것만 같은 겨울의식 속에서 노동을 통한 삶의 의지를 확인함으로써 거듭 생명 의지 또는 목숨에의 꿈을 실현하고자 하는 것이다.

나는 눈과 불의 이미지 대조를 통해서 삶의 모순성 혹은 삶의 양면성을 반영하는 동시에 서정적 형상력의 아름다운 긴장력을 성취하고자 한다. 절망할 것만 같은 겨울의식 속에서 노동을 통한 삶의 의지를 확인함으로써 생명 의지 혹은, 목숨에의 꿈을 실현하고자 하는 것이다.

시란, 근원적인 면에서 허무와의 싸움이고 절망과의 대결을 위한 한 양식이라고 할 수도 있으리라. 다시 말해 절망의 비망록 혹은 허무에의 각서로서의 의미를 지닌다는 뜻이다. 그래서 나는 시는 고독과 허무, 절망의 시련으로부터 일어서야 한다고 믿는다. 그리하여 마침내 아픈 생의 극복을 통한 희망의 한 양식이어야 한다고 생각하는 것이다.

그래서 내 시에서는 불꽃이나 불빛, 또는 봄이나 아침의 이미저리가 지속적으로 등장한다. 이러한 연유도 희망의 빛과 부활의 꿈을 회복하고자 하는 내 열린 의지의 반영이라고 보아도 무방할 것이다.

117

**소금북 시인선 05**

고요의 그늘

ⓒ임동윤. printed in Seoul, Korea

초판 1쇄 인쇄  2020년 06월 10일
초판 1쇄 발행  2020년 06월 15일
지은이  임동윤
펴낸이  박옥실
펴낸곳  소금북
디자인  유재미 정지은

출판등록  2014년 1월 28일 제424호
발행처  강원도 춘천시 행촌로 11, 109-502 (우-24454)
편집실  서울시 중구 퇴계로50길 43-7 (우-04618)
전화  (070)7535-5084, 휴대폰 010-9263-5084
전자주소  sogeumbook@hanmail.net
ISBN  979-11-968400-1-3  03810

값 10,000원

이 시집은 춘천문화재단 문화예술육성지원사업
전문예술지원금으로 발간되었습니다.